Belongs to:

____

____

٦

Made in the USA
Monee, IL
30 August 2022

12835637R00073